W9-BIA-744

La luna mango

Cuando la deportación divide a una familia

WITHDRAWN

Diane de Anda

ILUSTRADO POR
Sue Cornelison

ALBERT WHITMAN & COMPANY
CHICAGO, ILLINOIS

ROCKFORD PUBLIC LIBRARY

Esta noche hay luna llena.

Papi la llamó luna mango la última noche
que estuvimos juntos en el porche.
Miramos esa brillante bola anaranjada,
del color de una rebanada de mango
en mi mano, alzarse en el cielo.

El frío me pilla por el hombro sin el abrazo
acogedor de Papi. Aún así no me muevo de ahí,
ya que será la última noche que le pueda dar
la bienvenida a la luna desde mi porche.

Todo cambió el día que fueron al trabajo de Papi
y se lo llevaron. Mi mamá nos recogió de la escuela
con los ojos todos rojos. —Maricela y Manuel, su papi
no regresará a casa por un tiempo —explicó mi mamá.
Dijo que no había nada de malo con querer llorar. Ella
también lo hizo.

Despues, mi mamá ya no podía recogernos de la escuela por que tuvo
que conseguir otro trabajo. En su lugar tomamos el autobús escolar
y no podíamos salir a jugar con nuestros amigos después
de la escuela. Mamá dijo que teníamos que quedarnos
dentro de la casa y trabar la puerta para estar
seguros hasta que ella regresaba de trabajar.

Ya han pasado meses de eso. Ahora hay
cajas regadas por toda la casa. Nos vamos
a mudar. Mi mamá dice que no gana lo
suficiente, aún teniendo dos trabajos, para
cubrir todos los gastos. Tenemos que dejar
atrás los columpios que Papi nos construyó.
Él no estará aquí para empujarme en el
columpio una última vez antes de irnos.

Vamos a vivir en la casa de mis tíos y primos por un tiempo. Será divertido compartir cuarto con mi prima Malena, pero estoy triste porque tendré que cambiar de escuela y despedirme de todos mis amigos.

Mi mamá dice que tenemos suerte, que ella conoció a otras mamás cuando fue a visitar a mi papá que no tuvieron un lugar a donde ir cuando ellas y sus familias tuvieron que mudarse.

Podré seguir jugando en el mismo
equipo de fútbol en el que estoy,
pero no es lo mismo ahora que
Papi no es el entrenador.

Extraño escucharlo echar porras y
celebrar cada vez que metemos gol.

La semana pasada fue mi cumpleaños.
Ya tengo diez años. Mis amigos vinieron
a la casa y hubo globos y pastel y
regalos y hasta una brincolina.

Pero Papi no estaba para jalar la
cuerda de la piñata como siempre
lo hacía, así que no fue lo mismo.

—Se llevaron a tu papá porque hizo algo malo —me dijo
un niño maloso de mi escuela. Eso me puso triste y me hizo
enojar al mismo tiempo. Mi mamá dice que Papi nunca
hizo nada malo, que simplemente no tenía papeles. Yo no
entiendo por qué tenían que llevárselo tan lejos
por culpa de unos papeles.

Me dio miedo y le pregunté a mi mamá si también se la podían llevar lejos a ella o incluso a mí y a mi hermano. Ella dijo que mi hermano y yo estábamos a salvo por que habíamos nacido aquí y que ella tenia una tarjeta especial que también la mantenía segura. Deseo que a Papi le den una de esas tales tarjetas para que él también esté seguro junto con nosotros.

Han tenido a Papi en un lugar muy lejos de nosotros
por un largo tiempo ya. Él dijo que ese lugar no era un lugar
para niños, así que mi mamá se va sola en autobús a verlo.

Recorté un corazón de cartoncillo rojo, aunque no sea Día de San Valentín, al que le escribí «te amo Papi» para que mi mamá se lo lleve a mi papá.

Papi me manda notitas que vienen junto con las cartas
que él le escribe a mi mamá. Es muy emocionante
recibir mi propia correspondencia, pero preferiría
tener a mi papá aquí conmigo que eso. Todas las
notitas las guardo en un alhajero que me regalaron en
mi cumpleaños. Así, cuando lo extrañe mucho, puedo
sacarlas y leerlas una y otra vez.

Mi mamá dice que van a mandar a mi papá
a vivir a otro país muy pronto. Tengo miedo
porque oí cuando ella le dijo a mi tía que ellos se
habían ido de ese país porque era muy peligroso.

Últimamente me ha estado doliendo mucho la panza, pero el doctor dijo que no estoy enferma. Él dice que los dolores son a causa de todos los cambios y por extrañar tanto a mi papá. Mi mamá se preocupa por mí pero, ¿cómo puedo dejar de extrañar a mi papá?

Ella dice que el amor es como esa luna anaranjada y Papi y yo sentimos su resplandor sin importar donde estemos.

La luna anaranjada ya está
alta en el cielo nocturno.

Me pregunto si Papi también está pensando
en mi bajo esta misma luna mango.

A todas las familias que
sufren separación forzada, cuyo
amor trasciende fronteras
—DdA

Dedicado a mi nieto,
Ezra Zen, con amor
—SC

Los datos de Catalogación en Publicación de la Library of Congress están archivados con la editorial.

D. R. © 2019, Diane de Anda
© 2019 Sue Cornelison, por las ilustraciones
Traducido por Giovanna Chavez
Primera edición de tapa dura en Estados Unidos en 2019 por Albert Whitman & Company
Primera edición de bolsillo en Estados Unidos en 2021 por Albert Whitman & Company
ISBN 978-0-8075-4963-6 (libro de bolsillo)
ISBN 978-0-8075-4960-5 (libro digital)

Todos los derechos reservados. Queda prohibido reproducir total o parcialmente
esta obra por cualquier medio o procedimiento así como su incorporación a un
sistema informático, ni su transmisión en cualquier forma o por cualquier medio
(electrónico, mecánico, fotocopia, grabación u otros) sin autorización
previa y por escrito de los titulares del copyright.

Impreso en China
10 9 8 7 6 5 4 3 2 1 RRD 26 25 24 23 22 21

Diseño hecho por Aphelandra

Para más información sobre Albert Whitman & Company,
visite nuestra página web: www.albertwhitman.com.